太陽王蘇巴

西瓜的傳說

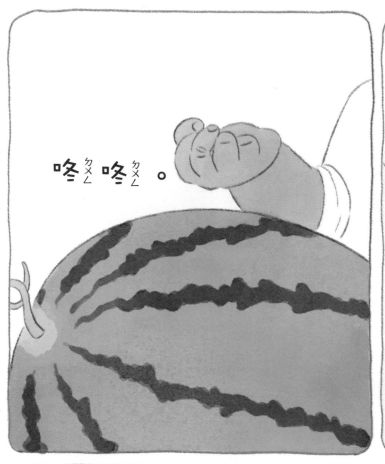

咚ㄉㄨㄥ 咚ㄉㄨㄥ 。

是ㄕ 西ㄒㄧ 瓜ㄍㄨㄚ 嗎ㄇㄚ ？

沒ㄇㄟ 反ㄈㄢ 應ㄧㄥ ……

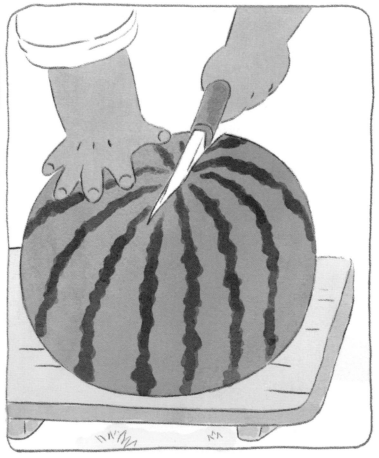

真甜呀。

西瓜，真是越吃越有滋味。

話說，那是什麼時候的事來著？

那時我跑去市場玩，玩到忘了時間，

結果在回家的路上……

太陽轉眼間就下山了，
我在山裡迷了路。

這裡……
到底是哪裡唷？

那ㄋㄚˋ是ㄕˋ啥ㄕㄚˊ唷ㄧㄛ˙？

請幫幫我！

啪！

滾滾滾

謝謝妳。
我是住在天上的龍。

名叫太陽王蘇巴。

太陽王西瓜？

是太陽王蘇巴。

啊，王西瓜。我是紅豆阿嬤。

不是王西瓜！
只有蘇巴而已！

只有西瓜。不是王西瓜，
而是　　　西瓜啊

啊……總之請妳先
聽聽我的故事吧。

我從剛才就一直很認
真在聽，　　西瓜。

我是在太陽照耀大地
的天之國
照料萬物生命的龍。

我的翅膀可以讓我的
身體放大或縮小，
所以無論是大生物
還是小生命，
我都可以一視同仁，
恩庇萬物。

那是個
風和日麗的日子。

喔ㄛ，是ㄕ頭ㄊㄡ一一次ㄘ見ㄐㄧㄢ到ㄉㄠ的ㄉㄜ生ㄕ物ㄨ呢ㄋㄜ。

嬌　小

太ㄊㄞ陽ㄧㄤ王ㄨㄤ大ㄉㄚ人ㄖㄣ，
我ㄨㄛ們ㄇㄣ有ㄧㄡ兩ㄌㄧㄤ顆ㄎㄜ頭ㄊㄡ，
所ㄙㄨㄛ以ㄧ不ㄅㄨ管ㄍㄨㄢ哪ㄋㄚ裡ㄌㄧ
都ㄉㄡ去ㄑㄩ不ㄅㄨ了ㄌㄧㄠ。

您ㄋㄧㄣ能ㄋㄥ夠ㄍㄡ載ㄗㄞ我ㄨㄛ們ㄇㄣ
到ㄉㄠ大ㄉㄚ路ㄌㄨ那ㄋㄚ一一邊ㄅㄧㄢ嗎ㄇㄚ？

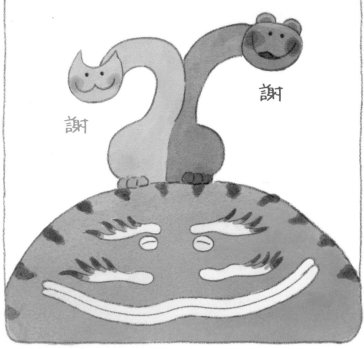

快ㄎㄨㄞ上ㄕㄤ來ㄌㄞ吧ㄅㄚ。

謝　　　謝

逃走！

雖然好不容易保住一條命，
但是我必須趕緊找回翅膀，
回到天上才行。
請幫幫我吧，紅豆阿嬤！

現在天色太暗了，
我連回家的路都找不著，
是要怎麼找天上的
東西呀！

這_{ㄓㄜ}妳_{ㄋㄧ}就_{ㄐㄧㄡ}不_{ㄅㄨ}用_{ㄩㄥ}擔_{ㄉㄢ}心_{ㄒㄧㄣ}了_{ㄌㄜ}。
我_{ㄨㄛ}可_{ㄎㄜ}是_ㄕ太_{ㄊㄞ}陽_{ㄧㄤ}王_{ㄨㄤ}啊_ㄚ！

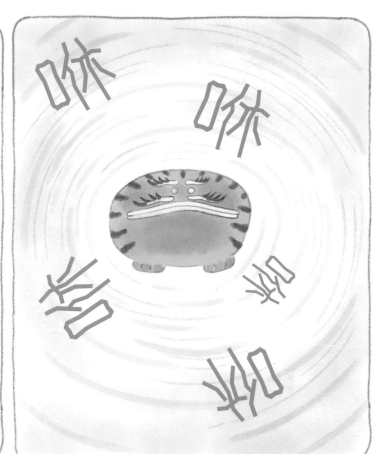

真ㄓㄣ亮ㄌㄧㄤˋ呢ㄋㄜ。

嘿ㄏㄟ嘿ㄏㄟ。

我ㄨㄛˇ能ㄋㄥˊ幫ㄅㄤ你ㄋㄧˇ什ㄕㄣˊ麼ㄇㄜ忙ㄇㄤˊ呢ㄋㄜ？

我ㄨㄛˇ打ㄉㄚˇ算ㄙㄨㄢˋ祭ㄐㄧˋ拜ㄅㄞˋ土ㄊㄨˇ地ㄉㄧˋ神ㄕㄣˊ。
不ㄅㄨˋ論ㄌㄨㄣˋ是ㄕˋ翅ㄔˋ膀ㄅㄤˇ還ㄏㄞˊ是ㄕˋ天ㄊㄧㄢ之ㄓ國ㄍㄨㄛˊ，
都ㄉㄡ可ㄎㄜˇ以ㄧˇ要ㄧㄠ回ㄏㄨㄟˊ來ㄌㄞˊ的ㄉㄜ。
既ㄐㄧˋ然ㄖㄢˊ要ㄧㄠˋ拜ㄅㄞˋ天ㄊㄧㄢ，那ㄋㄚˋ就ㄐㄧㄡˋ需ㄒㄩ要ㄧㄠˋ
擺ㄅㄞˇ個ㄍㄜˋ大ㄉㄚˋ供ㄍㄨㄥˋ桌ㄓㄨㄛ了ㄌㄜ。

這很辛苦耶，
最近膝蓋有些疼啊。

要是能幫我找回翅膀，
我會送妳龍的寶物
當作謝禮。

寶物？嗯……
我會幫你準備
豐盛的祭品，
你不用擔心。

我祈求您，我祈求您。
祈求大地之神啊。
我祈求您，我祈求您。
請您讓我回到天上。
我祈求您，我祈求您。
請您讓我找回我的翅膀。
我祈求您，我祈求您。
我請您教訓一下
那兩隻邪惡的雙頭龍。
我祈求您，我祈求您。
我誠心誠意地向您祈求。

只要您幫我度過這次難關，
我將來一定會成為
更有智慧的太陽王蘇巴。
我祈求您，我祈求您。
我祈求您，我祈求您。
我祈求您。祈求大地之神啊。
我祈求您，我祈求您。
請您讓我回到天上。
我祈求您，我祈求您。
請您讓我找回我的翅膀。
我祈求您，我祈求您。
我請您教訓一下
那兩隻邪惡的雙頭龍。
我祈求您。

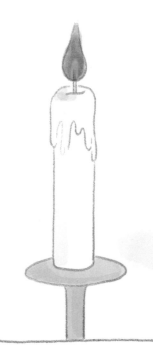

滋滋滋滋

哎唷

我的背有些刺痛，難道是長出翅膀了嗎？

沒有，你的背都燒焦了。很痛吧！

啊……

哎，咳咳。一定是我的祈求還不夠。

看ㄎㄢˋ來ㄌㄞˊ也ㄧㄝˇ得ㄉㄟˇ到ㄉㄠˋ海ㄏㄞˇ上ㄕㄤˋ祭ㄐㄧˋ拜ㄅㄞˋ才ㄘㄞˊ行ㄒㄧㄥˊ。請ㄑㄧㄥˇ幫ㄅㄤ我ㄨㄛˇ準ㄓㄨㄣˇ備ㄅㄟˋ一ㄧ艘ㄙㄡ船ㄔㄨㄢˊ。這ㄓㄜˋ份ㄈㄣˋ恩ㄣ情ㄑㄧㄥˊ我ㄨㄛˇ一ㄧˊ定ㄉㄧㄥˋ會ㄏㄨㄟˋ報ㄅㄠˋ答ㄉㄚˊ的ㄉㄜ。

又ㄧㄡˋ要ㄧㄠˋ拜ㄅㄞˋ？
船ㄔㄨㄢˊ？
但ㄉㄢˋ為ㄨㄟˋ了ㄌㄜ寶ㄅㄠˇ物ㄨˋ……
　　　嗯ㄣˊ……

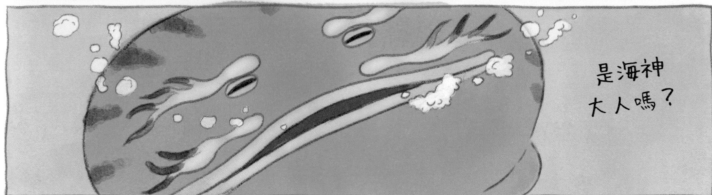

是海神
大人嗎?

噗—咻—咻

噗咚！

哎唷……我的腰啊。
西瓜呀，你還好嗎？

看來我這次的祈求還是不夠。
這樣的我活著有什麼用，
嗚嗚嗚嗚。

沒死就很好啦。

阿嬤，
我們再來拜一次，
嗚嗚。

哎哎，哪有光靠拜拜就能成功的事呀。

要是不交出蘇巴，
我就一口把妳吃掉。

哎唷，哎唷。
龍就在這裡面。

搖搖

請您看看這個。
這是龍的毛。

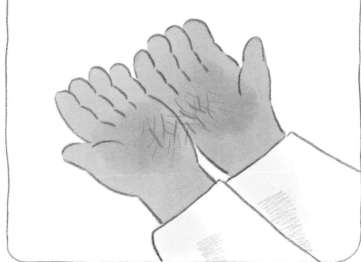

在這個　　　　　　裡面？

要ㄧㄠˋ進ㄐㄧㄣˋ去ㄑㄩˋ看ㄎㄢˋ看ㄎㄢˋ嗎ㄇㄚ˙？

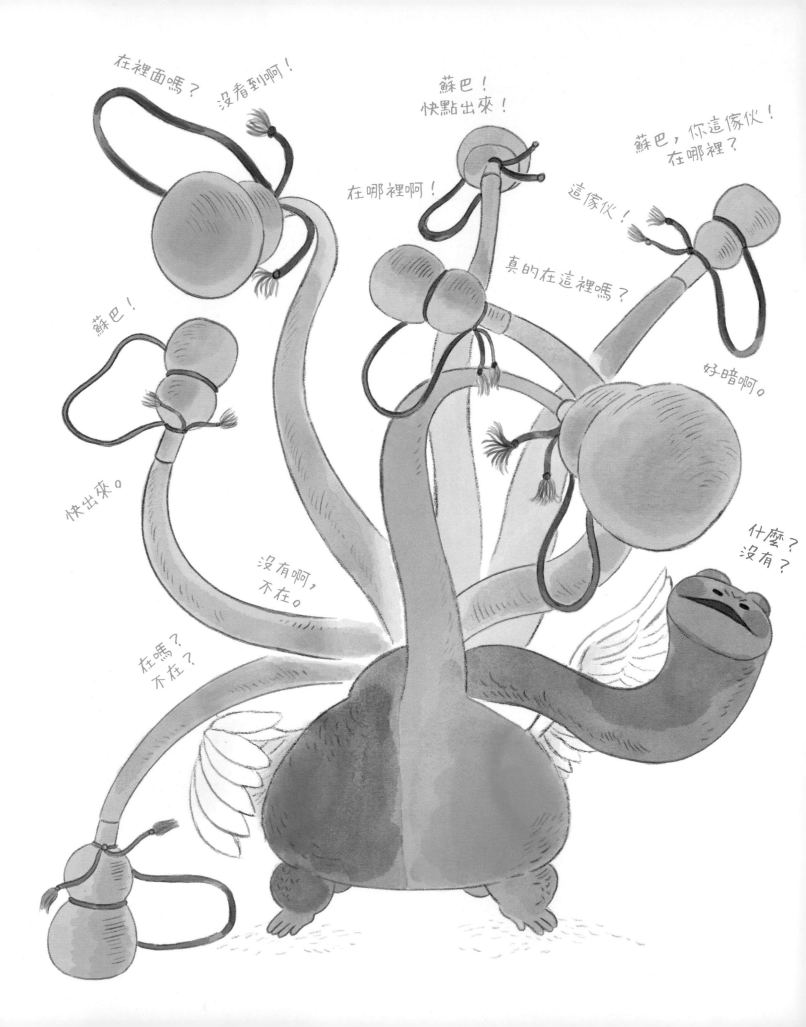

竟然敢騙我們？
我要一口吃掉妳！

哎唷唷，
我怎麼敢欺騙
雙頭龍大人呀？
但是呢！

難道不是藍頭龍大人
自己把西瓜吃掉了嗎？

自己吃掉？

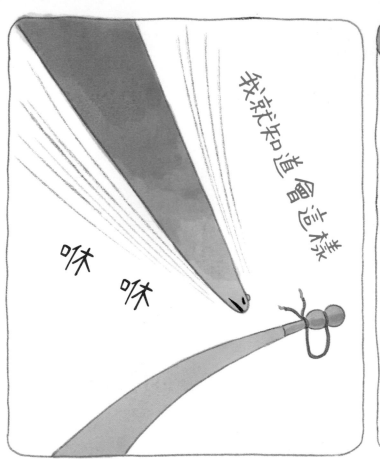

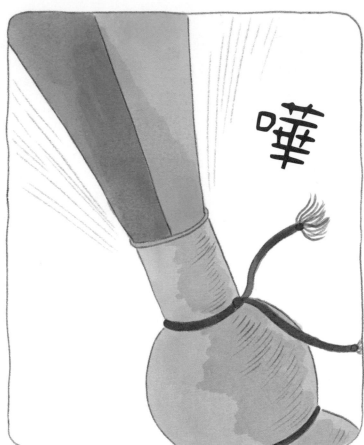

謝謝妳，紅豆阿嬤。
我會依照約定
送妳龍的寶物。

只要把寶物種在土裡，
龍的寶物
就會結實滿滿。

哎ㄞ喔ㄛ，哎ㄞ喔ㄛ。
謝ㄒㄧㄝ謝ㄒㄧㄝ你ㄋㄧ，
西ㄒㄧ瓜ㄍㄨㄚ呀ㄧㄚ！

滿 一 臉

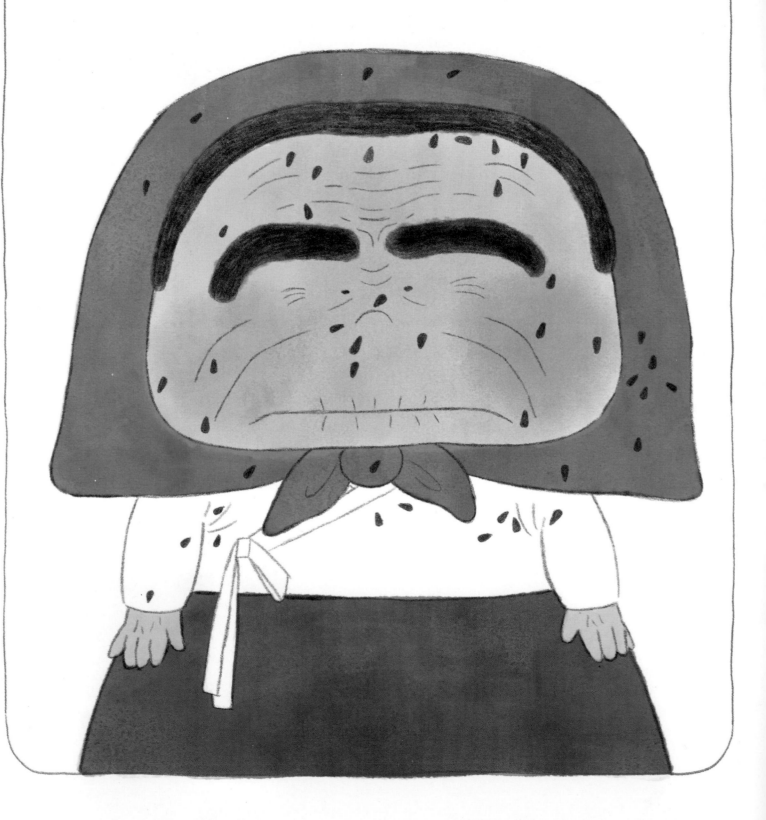

再見了，
紅豆阿嬤。

我把獲得的寶物種在土裡，
結果長出許多跟西瓜很像的東西，
於是我把它們叫做西瓜。
滋味甜美，非常好吃，
但我擔心不小心會吃到西瓜，
所以在開動以前一定都會敲敲看。

你問我有沒有因為這些西瓜賺了大錢？
西瓜裡面有那麼多種子，
那些買走西瓜的人後來都種起西瓜，
八道江山上從此出現滿坑滿谷的西瓜。
不管你信不信，
這就是西瓜的傳說。

作家 李芝殷

小時候，我會敲敲西瓜，100個裡面會有一個蘇巴。
我們整個夏天都一起玩，天氣變冷的話也會去天上。
最近我不管怎麼敲西瓜，蘇巴都不出現了。
「蘇巴，你過得好嗎？
我們再見面時，一起玩『噗噗噗噗』吧！
我很想你。」

快來找我玩

太陽王蘇巴
태양왕 수바 수박의 전설　西瓜的傳說

作　　者　李芝殷（이지은）
譯　　者　郭宸瑋
封面設計　萬勝安
美術設計　高巧怡
行銷企劃　蕭浩仰、劉旂佑
行銷統籌　駱漢琦
業務發行　邱紹溢
營運顧問　郭其彬
童書顧問　張文婷
第二編輯室　總編輯／林淑雅
出　　版　小漫遊文化／漫遊者文化事業股份有限公司
地　　址　台北市103大同區重慶北路二段88號2樓之6
電　　話　(02)2715-2022
傳　　眞　(02)2715-2021
服務信箱　runningkids@azothbooks.com
網路書店　www.azothbooks.com
臉　　書　www.facebook.com/azothbooks.read
服務平台　大雁出版基地
地　　址　新北市231新店區北新路三段207-3號5樓
電　　話　(02)8913-1005
傳　　眞　(02)8913-1056
劃撥帳號　50022001

戶　　名　漫遊者文化事業股份有限公司
書店經銷　聯寶國際文化事業有限公司
電　　話　(02)2695-4083
傳　　眞　(02)2695-4087
初版1刷　2024年5月
定　　價　台幣480元

ISBN　978-626-98355-8-4

The Legend of King Watermelon (태양왕 수바: 수박의 전설)
Copyright © Gee-eun Lee, 2023
All rights reserved.
This Complex Chinese Characters translation edition
was published by AZOTH BOOKS, CO. LTD. in 2024,
by arrangement with Woongjin ThinkBig Co., Ltd.
c/o Danny Hong Agency, through The Grayhawk Agency
ALL RIGHTS RESERVED

國家圖書館出版品預行編目 (CIP) 資料

太陽王蘇巴：西瓜的傳說/ 李芝殷著；郭宸瑋翻譯. --
初版. -- 臺北市：小漫遊文化, 漫遊者文化事業股份有
限公司, 2024.05
 72 面；22.5 x 27 公分
譯自：태양왕 수바：수박의 전설
ISBN 978-626-98355-8-4(精裝)

862.599　　　　　　　　　　　　113004548

漫遊，是關於未知的想像，嘗試冒險
的樂趣，和一種自由的開放心靈。
www.facebook.com/runningkidsbooks
小漫遊
f 小漫遊文化

大人的素養課，通往自由學習之路
www.ontheroad.today
追路文化
on the road
f 遍路文化‧線上課程

在_{ㄗㄞ}阿_ㄚ嬤_{ㄇㄚ}發_{ㄈㄚ}現_{ㄒㄧㄢ}蘇_{ㄙㄨ}巴_{ㄅㄚ}之_ㄓ前_{ㄑㄧㄢ}

這_{ㄓㄜ}是_ㄕ青_{ㄑㄧㄥ}蛙_{ㄨㄚ}嗎_{ㄇㄚ}？
要_{ㄧㄠ}吃_ㄔ掉_{ㄉㄧㄠ}嗎_{ㄇㄚ}？

請_{ㄑㄧㄥ}幫_{ㄅㄤ}幫_{ㄅㄤ}我_{ㄨㄛ}！

請_{ㄑㄧㄥ}幫_{ㄅㄤ}幫_{ㄅㄤ}我_{ㄨㄛ}，
我_{ㄨㄛ}會_{ㄏㄨㄟ}給_{ㄍㄟ}你_{ㄋㄧ}大_{ㄉㄚ}寶_{ㄅㄠ}物_ㄨ！

煩_{ㄈㄢ}死_ㄙ了_{ㄌㄜ}，你_{ㄋㄧ}去_{ㄑㄩ}拜_{ㄅㄞ}託_{ㄊㄨㄛ}後_{ㄏㄡ}面_{ㄇㄧㄢ}
那_{ㄋㄚ}個_{ㄍㄜ}阿_ㄚ嬤_{ㄇㄚ}吧_{ㄅㄚ}。

願各位閱讀愉快
李芝殷